TABLEAUX, MINIATURES

Dentelles — Éventails

SCULPTURES

MEUBLES ANCIENS

Tapisseries Anciennes

TAPIS

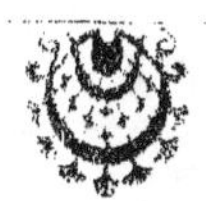

CATALOGUE

DES

TABLEAUX, DESSINS, GRAVURES

OBJETS DE VITRINE

PORCELAINES

BELLES MINIATURES

ÉVENTAILS

DENTELLES

Milan, Gênes, Alençon, Angleterre, etc.

FILETS

BRONZES D'ART ET D'AMEUBLEMENT

Statues, Garnitures, Appareils d'éclairage

BELLES SCULPTURES EN MARBRE

Importante garniture : Statue de marbre de Math. MOREAU

PIANO CRAPAUD DE ELCKÉ

MEUBLES ANCIENS
ET DE STYLE

Bureau, Guéridon, Commode, Armoires

TAPISSERIES ANCIENNES

Verdure et à Personnages

TAPIS ANCIENS

DONT LA VENTE AUX ENCHÈRES PUBLIQUES AURA LIEU

HOTEL DROUOT, SALLE N° 8
LE LUNDI 19 DÉCEMBRE 1910
A DEUX HEURES

Mᵉ Ed. FOURNIER	**M. R. BLÉE**
COMMISSAIRE-PRISEUR	EXPERT
29, rue Maubeuge	53, rue de Châteaudun

Chez lesquels se trouve le présent Catalogue

EXPOSITION PUBLIQUE

Le Dimanche 18 Décembre 1910, de 2 heures à 6 heures

CONDITIONS DE LA VENTE

Elle sera faite au comptant.

Les adjudicataires paieront *dix pour cent* en sus des enchères.

L'exposition mettant le public à même de se rendre compte de l'état et de la nature des objets, aucune réclamation ne sera admise une fois l'adjudication prononcée.

Paris. — Imp. de l'Art, Ch. Berger, 41, rue de la Victoire.

DÉSIGNATION

DESSINS, TABLEAUX, GRAVURES

ABEL FAIVRE

1 — *Méditation.*

   Dessin au crayon noir.

BAUDOUX

2 — *Le Port de Nice.*

   Toile. Signée et datée : *1909.*

BAUDOUX

3 — *La Rue du Port à Granville.*

   Toile. Signée et datée : *1908.*

DE MARNE

4 — *La Fin du jour.*

   Paysage animé de personnages et animaux, ciel nuageux.

RICQUIER

5 — *La Mort de Charles-Quint.*

ÉCOLE DU XVIIIe SIÈCLE

6 — *Portrait ovale de Femme jouant de la guitare.*

ÉCOLE ITALIENNE

7 — *Deux Apôtres.*
  Toile.

8 — Gravure en noir : Le Baiser à la dérobée,
d'après FRAGONARD.

9 — Seize petites estampes en couleurs, contenues
dans deux cadres.

10 — Trois panneaux en soie brodée ou peinte.

OBJETS DIVERS

11 — Un sabre et un poignard.

12 — Panneau en bois dur ajouré, contenant un
médaillon de soierie brodé d'un dragon impérial.
Travail chinois.

13 — Deux panneaux en bois incrusté de nacre et
d'ivoire, formant décor de fleurs et d'oiseau.

14 — Neuf petits masques contenus dans un cadre.

15 — Sous ce numéro : vases, urnes, coupes, pla-
teaux et statuettes en terre naturelle. Travail
chinois. (Sera divisé.)

16 — Brûle-parfum tripode en bronze, décoré de
dragon. Travail japonais.

17 — Cache-pot octogonal en bronze frotté d'or.
Travail chinois.

18 — Sous ce numéro : boites, objets de vitrine, sabre de médecin, de travail chinois, etc. (Sera divisé.)

MINIATURES

OBJETS DE VITRINE

19 — Petite peinture : Portrait de femme. Cadre doré. Style Louis XIV.

20 — Petit portrait d'homme. Cadre doré. Style Louis XIV.

21 — Miniature : Portrait d'officier.

22 — Miniature ronde, présentant une jeune femme écrivant une lettre d'amour ; elle est vue dans un petit encadrement à ornements de colombes, carquois et guirlandes de roses. Cadre en bronze ciselé et doré. Style Louis XV.

23 — Miniature rectangulaire, présentant un portrait de femme, les cheveux poudrés, coiffée d'un chapeau noir à plume blanche, corsage blanc légèrement décolleté, d'après HOPPNER. Cadre en bronze ciselé et doré. Style LouisXVI.

24 — Miniature ovale, présentant un portrait de femme, coiffée d'un chapeau gris, dans le style du XVIIIᵉ siècle. Cadre à ruban noué en bronze ciselé et doré. Style Louis XVI.

25 — Miniature ronde : Portrait d'homme. Fin du xviii⁰ siècle.

26 — Miniature : Portrait d'officier de hussard. Époque Louis XVI.

27 — Petite miniature ovale : Portrait de femme en chapeau. Cadre en bronze.

28 — Petite miniature ovale de femme en corsage bleu décolleté, à garniture de fourrure. Cadre en or. Époque Louis XVI.

29 — Petite miniature ovale : Portrait d'officier.

30 — Miniature ronde : Portrait de femme en corsage décolleté à rayures bleues et jaunes, cheveux poudrés. Époque Louis XVI.

31 — Miniature ovale : Portrait d'homme. xix⁰ siècle.

32 — Miniature très fine d'exécution, présentant le portrait présumé de la marquise de Chauvelin dans le costume de « Zaïre ». Signée : *Bourrée*. Cadre en bronze ciselé et doré. Style Louis XVI.

33 — Miniature : l'Amour désarmé, très fine, copiée d'après Van Loo, par Mᵐᵉ Camille Isbert, 1897. Cadre en bois sculpté et doré.

34 — Belle miniature, présentant un portrait de femme assise, dans un parc, vue de face, les cheveux poudrés retombant sur les épaules,

elle est vêtue d'une robe de soie bleue large-
ment décolletée, retenue sur l'épaule droite par
un bijou, son manteau en soie brochée de ton
jaune est drapé sous sa poitrine et retombe à
son côté. Sur ses genoux, un bouquet de fleurs
qu'elle noue d'un ruban bleu. Exécution très
fine, inspirée de LARGILLIÈRE, par Mᵐᵉ CAMILLE
ISBERT. Cadre en bois sculpté et doré.

35 — Éventail en nacre appliquée d'argent ; feuille en
en peau décorée au centre d'une scène allégori-
que et deux médaillons représentant des paysages. Époque Louis XVI.

36 — Éventail en ivoire finement sculpté et ajouré ;
feuille entièrement couverte d'un paysage animé.
Époque Louis XV.

37 — Éventail en ivoire très finement sculpté de
réserves à personnages et repercé de décors à
rocaille. La feuille en soie est décorée d'une
scène dans le goût chinois. Époque Louis XV.

38 — Éventail en écaille sculptée, ajourée et appliquée d'argent ; feuille à médaillon, ornée de personnages. XVIIIᵉ siècle.

39 — Monture d'éventail en ivoire finement sculpté
et repercé. Époque Louis XV.

40 — Boîte à mouches en ivoire sculpté, appliqué
d'argent ; monture à cage.

41 — Boîte rectangulaire en émail peint de Saxe. xviiie siècle.

42 — Petite boîte ronde en écaille blonde.

43 — Cinq cachets en argent ciselé. xviiie siècle.

44 — Châtelaine en acier ciselé, repercé. Époque Louis XV.

45 — Châtelaine en acier finement gravé, ornée d'une petite peinture sur porcelaine et d'un médaillon de Wedgwood. Époque Louis XVI.

46 — Miroir de poche contenant à l'intérieur un portrait d'homme, d'époque Louis XIV ; étui en galuchat.

47 — Fragment de livre d'heures sur parchemin et enluminé. xvie siècle.

48 — Flacon à odeur en argent doré.

49 — Porte-carnet et flacon contenus dans un étui en galuchat. Époque Louis XV.

50 — Nécessaire de dame, comprenant un petit miroir, flacons et ciseaux ; écrin en galuchat. Époque Louis XV.

51 — Étui-nécessaire en émail de Saxe, décoré de réserves ornées de personnages ou de paysages sur fond de rocailles ; à l'intérieur, accessoires divers montés en argent. Époque Louis XV.

52 — Grande plaque rectangulaire en émail peint, représentant le Mariage de la Vierge. Signée au revers : *P. R.* Limoges.

53 — Deux pichets en ancienne faïence de Rhodes. (Sera divisé.)

54 — Groupe en porcelaine blanche d'Allemagne, formé d'un jeune soldat taquinant une bergère.

55 — Bracelet en or finement ciselé, portant à son centre une montre à cadran entouré de roses, et accosté sur le corps du bracelet de deux sirènes. *Maison G. Sandoz, Paris.*

56 — Sac de voyage en cuir, avec nécessaire en argent et jeu de brosse en ébène. *Maison Keller.*

DENTELLES, FILETS

57 — Trois bandeaux de filets, à décor d'animaux.

58 — Dessus de lit en toile brodée et bandes de filets.

59 — Quatre bas de store en filet ancien. (Sera divisé.)

60 — Sept bandeaux de filets anciens, des XVIᵉ et XVIIᵉ siècles. (Sera divisé.)

61 — Volant de Milan ancien. 3 m. 90 cent.

62 — Volant de Milan ancien. 3 m. 15 cent.

63 — Volant de Milan ancien. 2 m. 80 cent.

64 — Volant de Milan ancien. 3 m. 20 cent.

65 — Volant de Gênes ancien. 3 m. 40 cent.

66 — Volant de Gênes ancien. 2 m. 80 cent.

67 — Deux coupes d'Alençon ancien. 1 m. 35 cent. et 1 m. 70 cent.

68 — Joli mouchoir en Valenciennes, à décor de fleurs.

69 — Sous ce numéro, petites coupes de dentelles diverses : Binches, Valenciennes, cols, empiècement, etc., en broderie. (Sera divisé.)

70 — Volant d'application. 2 m. 50 cent.

71 — Volant d'application. 7 m. 50 cent.

72 — Volant en ancien point d'Angleterre. 4 mètres.

73 — Volant en point à l'aiguille. 2 mètres.

74 — Belle pointe en application, à riche décor de bouquets et de guirlandes de fleurs.

BRONZES
D'ART ET D'AMEUBLEMENT

75 — Plafonnier électrique en bronze et cristaux.

76 — Suspension de salle à manger en bronze doré
et résille de perles de cristal. Style Louis XVI.
Montée pour.l'électricité.

77 — Lanterne d'antichambre en bronze ciselé, de
style Louis XV, et fleurettes de porcelaine.

78 — Lustre à résilles de perles et pendeloques de
cristal. Style Louis XVI. Montée pour l'électricité.

79 — Pendule et deux candélabres en bronze ciselé
et doré, à sujet : La Poésie, en bronze patiné.
Maison Raingo.

80 — Pendule en bronze ciselé et doré, ornée d'une
figure de jeune berger jouant de la flûte, et d'une
figure d'amour. Époque Empire.

81 — Bronze : Bacchante avec enfants, d'après
CLODION.

82 — Bronze : Le Fauconnier, par *A. Gaudez*.

MARBRES

83 — Buste de Mme du Barry en marbre blanc sculpté.

84 — Statue de Danseuse en marbre blanc sculpté. Signée de *Faubert*.

85 — Statue de Jeanne d'Arc en marbre blanc sculpté. Signée de *Pellegrin (?)*.

86 — Deux colonnes en marbre rouge, à bases et chapiteaux corinthiens en bronze ciselé.

87 — Belle garniture de cheminée, comprenant : un très important sujet en marbre blanc sculpté : Le Printemps, signé de *Math. Moreau*, reposant sur un socle de marbre rouge, à lambrequins et moulures de bronze ciselé et doré, et deux grandes torchères formées chacune d'un vase à cariatides et d'un bouquet de neuf lumières ; socle en marbre rouge, à lambrequin et moulures de bronze ciselé et doré. Style Louis XIV.

PIANO

88 — Piano crapaud, caisse en palissandre ciré, de *Elcké*.

MEUBLES, SIÈGES

89 — Étagère en laque d'or sur fond noir. Travail chinois.

90 — Guéridon rond, décoré de dragons en or sur fond rouge. Travail chinois.

91 — Pupitre en laque rouge et or sur fond noir. Travail chinois.

92 — Bidet en acajou ciré. Fin XVIIIᵉ siècle.

93 — Paravent à trois feuilles, dont deux ornées de bouquets de fleurs peints sur soie et celle du centre garnie d'une glace étamée; monture en bois sculpté, décorée au vernis de fleurettes, rehaussé d'or. Style Louis XV.

94 — Guéridon ovale en acajou, à pieds-gaines à griffes de lion, reliés par un croisillon supportant un vase à son milieu; ornements, médaillon, etc., en bronze ciselé; dessus en marbre veiné, galerie ajourée. Style Empire.

95 — Table-bureau en acajou ciré et mouluré, pieds cannelés, plateau recouvert d'un cuir. Style Louis XVI.

96 — Bureau de dame en noyer frisé, à filets de citronnier et bouquets fleuris, ouvrant à un abattant et deux tiroirs. Époque Louis XV.

97 — Guéridon rond, à quatre pieds, en bois de
rose et marqueterie de bois de citronnier et
d'ébène; dessus en marbre blanc, à galerie de
cuivre ajourée; plateau mobile garni d'un cuir
entouré d'une frise en bois de rose. Époque
Louis XVI.

98 — Grande commode, ouvrant à deux petits et un
grand tiroirs, à quatre pieds galbés, en marqueterie de bois de rose et de bois satiné; chutes,
sabots, poignées en bronze ciselé. Époque
Louis XV. Marbre brèche mouluré.

99 — Armoire en noyer sculpté. Époque Louis XIV.

100 — Armoire normande, à deux portes et fronton
cintré décoré de fleurs sculptées. Époque
Louis XIV.

101 — Divan à trois coussins, recouvert de tapis
persan.

102 — Bergère en bois finement sculpté et doré, à
six pieds, de style Louis XVI, recouverte de velours saumon. *Maison Jansen*.

103 — Deux fauteuils en noyer ciré, recouverts de
velours et broderie Renaissance.

TAPISSERIES

101 — Grande tapisserie-verdure, à petits personnages figurant les Plaisirs champêtres. Bordure
sur les quatre côtés.

> Haut., 4 mètres; larg., 1 m. 60 cent.

105 — Panneaux de tapisserie-verdure, à volatiles,
cours d'eau et château. Bordure sur les quatre
côtés.

106 — Panneaux de tapisserie-verdure, à volatiles
et cours d'eau.

107 — Panneau de tapisserie, représentant un cen-
taure chassant à l'arc; fond de feuillages de
fleurs et d'animaux divers; la partie supérieure
est occupée par une scène représentant la garde
et la tonte des moutons. Fin du XVe siècle.

> Haut., 1 m. 85 cent.; larg., 2 m. 85 cent.

108 — Panneau de tapisserie-verdure, à volatiles
et cours d'eau. Bordure sur deux côtés. XVIIIe
siècle.

> Haut., 1 m. 90 cent.; larg., 2 m. 60 cent.

109 — Cantonnière formée de bandes de tapisserie,
à feuilles d'achantes et fruits. XVIIe siècle.

> Haut., 2 m. 60 cent.; larg. 1 m. 45 cent.

110 — Tapis laine Mular vieux, mehrab rouge, fond jaune d'or, décor polychrome.

> Haut., 1 m. 60 cent.; larg., 1 m. 20 cent.

111 — Tapis laine Koula, vieux, fond crème.

> Haut., 1 m. 60 cent.; larg., 1 m. 07 cent.

112 — Tapis laine genre Koula, fond gros bleu. Travail très fin.

> Haut., 1 m. 58 cent.; larg., 1 m. 09 cent.

113 — Tapis laine Moussoul, fond rose pâle. Bordure blanche, dessin à fleurs.

> Haut., 2 mètres; larg., 1 m. 16 cent.

114 — Objets omis.